MEDICINA FANTÁSTICA DEL ESPÍRITU

Félix María de Samaniego

MEDICINA FANTÁSTICA DEL ESPÍRITU Y ESPEJO TEÓRICO-PRÁCTICO EN QUE SE MIRAN LAS ENFERMEDADES REINANTES DESDE LA NIÑEZ HASTA LA DECREPITUD CON RECETAS Y AFORISMOS QUE SUMINISTRA LA MORAL

A los Santos Médicos San Cosme y San Damián

A vosotros mi memoria
se dirige solamente.
Aquí matan a la gente:
por médicos, a la gloria.
Como quien cuenta una historia,
de los de la tierra quiero
pintar las gracias y esmero;
y así digo, verdad hablo,
que ellos hacen, como el diablo:
van a tentar, lo primero.

¡Qué bueno fuera invertir
los nombres de los pulsantes!
Llámenles agonizantes,
pues ayudan a morir.
Tal es el matar o herir
de los doctores presentes,
lo ha sido de los ausentes,
y será de los futuros.
Sacadnos de estos apuros,
sino requiescant las gentes.

Los médicos de mil modos
nos suelen mortificar;
¿y les hemos de aguantar,
que nos jeringuen a todos?
Lo que alabo sin apodos

es, que no traten engaño;
pues para evitar el daño,
cause o no cause escozor,
es el remedio mejor
dar a tiempo un desengaño.

Los doctores son los barcos
de Aqueronte, horrible y fuerte,
satélites de la muerte,
y de su cuadro los marcos;
del Leteo fieros arcos,
por donde, según discierno,
si Dios, tan piadoso y tierno,
no usase de su bondad,
a toda la humanidad
pasara aquél al infierno.
A bien que ya lo veis vos:
el doctor, pesado yugo,
es el humano verdugo
en el tribunal de Dios.
Más crueles que la tos,
su seriedad les destina,
y su rigor les inclina,
sean hábiles o zotes,
a que nos den los azotes
de la Justicia Divina.
Pero lo más singular
es, si se llega a advertir,
que maten para vivir,
y que vivan de matar.
Es digno de celebrar,
cuando un médico inhumano
en un récipe villano,
sacude una cuchillada:
verle tirar la pedrada,
y luego esconder la mano.

¡Válgame Dios!, ¡oh locuras!,
¡que a lo que quita de enmedio
hayan de llamar remedio!,

¡y a lo que ellos hacen, curas!
¿Quién vio tales aventuras?
Mas dicen bien, no lo yerran:
muy grande misterio encierran;
poco van a equivocar,
si lo que hacen es matar,
y son curas los que entierran.

En vez de darnos salud,
que es el médico apercibo,
o bien un responso vivo,
o racional ataúd.
Al mirar la prontitud,
con que sus recetas vanas
tantas muertes dan tempranas,
me parecen todos juntos:
vísperas de los Difuntos
con clamores de campanas.

El médico que, sin tino,
cobre y nos quite la vida,
será no sólo homicida,
sino especie de asesino.
Que fatal suerte previno,
¿que si yerra su opinión,
ande matando a traición?
Tal es nuestra tontería,
que llega su alevosía
a matar con permisión.

¿Buscáis la salud, señores,
y que la vejez os coma?,
haced, como antes en Roma:
destiérrense los doctores.
¡Qué gordos!, ¡con qué colores!,
¡qué robustos viviréis!
Navidades contaréis,
y no será cuento, a cientos;
y arrugados monumentos
de maduros caeréis.

Todo esto va dirigido
sólo al médico pedante;
y se da por ignorante
quien se dé por entendido.
De toda la vida ha sido,
no es mi queja singular.
El daño es fuerza evitar.
Cuenta, pues, que la defensa,
que matemos nos dispensa,
a quien nos venga a matar.

Proteged mi medicina,
santos míos, sin contienda;
que no es de campaña tienda,
ni de galeno oficina.
Ya que la piedad divina
os hizo nuestro consuelo;
admitiendo mi buen celo,
que humildemente os implora:
Valedme en la última hora
para que me vaya al cielo.

PRÓLOGO

Entre dimes y diretes,
y entre dares y tomares,
si por dónde empiece ignoro,
mal sabré por dónde acabe.
La empresa es harto difícil,
y el vulgo muy ignorante;
ni yo sé lo que me digo,
ni él sabe lo que se hace.
Pues ya la tenemos buena:
¡no echaríamos mal lance,
si estando los dos a oscuras,
un ciego a otro guiase!
Eso no, lector amigo:
he querido ponderarte,
que mi talento es pequeño,
y que la empresa es muy grande.
Confieso que me he turbado;
en llegando a desturbarme,
aunque todo turbio corra,
diré dos mil claridades.
Si el vulgo cierra los ojos,
pondré la verdad delante;
del candado del error
el desengaño es la llave.
Le pintaré tal el vicio,
que al querer abandonarse,
de temor a la pintura,
huya de las realidades.
Será el estilo agridulce,
y el dulce predominante;
no piense, cuando lo lea,
que bebe hiel y vinagre.
Y si riyendo y cantando
se corrigen las maldades,
la virtud está en el medio,
yo haré, que llore y que cante.
De todo mi Medicina

tendrá, y aun picará en parte,
de manera que no irrite,
y que el espíritu inflame.
Fantástica la apellido,
por nacida en los desvanes
o espacios imaginarios
de mi discurso vagante.
Es del Espíritu, dando
beneficios singulares
aun al cuerpo, sus auxilios,
que al alma son eficaces.
Y Espejo, porque en lo clara
se parece a los cristales,
viéndose en él las dolencias,
que padecen las edades.
Teórico-práctico es,
por razones y ejemplares,
que expongo, como cimientos
de las Ciencias y las Artes.
De esos Practicones sabios,
honor de las facultades,
no son las sofisterías,
la experiencia es su realce.
Los políticos axiomas,
y las sentencias morales,
como de un jardín las flores,
forman tejidos enlaces.
Las Recetas, bien usadas,
harán curas admirables;
siendo la salud la enmienda,
si fue el error el achaque.
Unos asuntos admiten
chanzas, otros seriedades:
ni hemos de reír de todo,
ni asustar con el semblante.
Los metros también alternan,
procurando que se adapten,
pues son el modo y sustancia
hermanos de padre y madre.
Esto de diferenciar

va tan lejos de extrañarse,
que en las damas y los gustos
es gracia ya ser variables.
La música de la vida,
como en aire ha de fundarse;
los humanos instrumentos
se destemplan cada instante.
Desde la niñez empiezo,
que el árbol más formidable,
cuando tierno se endereza,
duro no puede doblarse.
Paso hasta la juventud,
en cuyo mar insondable
contra el escollo del vicio
la virtud suele estrellarse.
Luego en la vejez acabo,
que es pantano irremediable,
de donde ningún mortal
puede pasar adelante.
No divido más que en tres
las edades: éstas basten,
aunque se encuentre quien diga,
que me meto en trinidades.
Todo en ellas se comprende:
¿pues para qué las restantes?
Suele ser tan malo a veces
no llegar, como estirarse.
Si es leve la enfermedad,
no pongo receta grave;
porque han de ser los socorros
a proporción de los males.
Cuando es próximo el peligro,
procuro luego evitarle;
el que quita la ocasión,
que el daño estorba es constante.
Aquí los pobres y ricos
hacen papeles iguales;
siendo las virtudes damas,
recato y honor galanes.
Aquéllas y éstos también

hallarán para adornarse,
las galas de la modestia,
sin los profanos disfraces.
Los súbditos y prelados,
vasallos y majestades
verán que la razón triunfa,
y al que la tiene le vale.
Máximas encontrarán
el que ignora y el que sabe:
el uno para instruirse,
y el otro para acordarse.
Se explicarán por su orden
todas las enfermedades,
con la admiración de que
ya los doctores no maten.
En la mano del paciente
siempre estará el aliviarse;
y cuenta, que no son drogas
lo que voy a recetarle.
Sin embargo, le daré
algunos corroborantes,
para que le fortifiquen
de ciertas debilidades.
En el equilibrio propio
de cualidades distantes
la armonía de las gentes
debe afianzar sus paces.
Sobre poco más o menos
hay destemplanzas notables;
que el temperamento humano
tiene sus menos y mases.
Tomen el pulso a las cosas
los políticos sagaces,
pero la dificultad
consiste en saber tomarle.
Para las fiebres ardientes
aplico refrigerantes,
y pronto, porque hay personas
muy dispuestas a abrasarse.
Pero dejo aplicaciones,

que sería dilatarme;
y así para acabar bien
me acuso de lo que falte.
Digo, pues, por despedida,
que sin jeringar a nadie,
suministro las ayudas:
quien se pique, que se rasque.
Y con esto, y lo demás,
que se dice en casos tales,
voy a recoger las velas
antes que sople mal aire.

LIBRO I

DE LAS ENFERMEDADES DE LA NIÑEZ

Capítulo I

Enfermedad: La mala crianza

Aforismo
Edificio mal fundado se arruina.

Descripción de la enfermedad

Cría la madre al niño muy querido,
sin corregirle sus descomposturas;
tolera el padre las desenvolturas;
y va creciendo así mal instruido.
Entre los vicios anda divertido,
llamando gracias a las travesuras;
llega a ser grande, hace mil locuras:
sus padres lloran. ¡Oh, qué tarde ha sido!
¿Destino tiene? No se aplicó a nada.
¿Trabaja? No, señor, no está enseñado.
¿Qué rentas hay? Ninguna señalada.
¿Pues de qué ha de vivir este malvado?
Roba, mata. ¿Y al fin de la jornada?
Morirá en el lugar más encumbrado.

Aforismo
La política más fina, y moral más acendrada, es la virtud.

Receta

La madre no ha de ser condescendiente;
haga el padre que el hijo, de contado,
sepa rezar, y aprenda anticipado
la Doctrina Cristiana grandemente.
Críenle bueno, humilde y obediente,
dócil, limpio, cortés, bien inclinado,
y a facultad u oficio dedicado;
el noble instrúyase en lo competente.
La educación no más le hará dichoso,
y aun en su oficio honrado sin segundo:
tendrá la guerra un general glorioso,
o la toga un ministro el más profundo;
y llegando por fin a ser virtuoso,
será lo que hay que ser en este mundo.

Capítulo II

Enfermedad: La mala inclinación

Aforismo
Los dañados estímulos de nuestra naturaleza, pervertida por las sugestiones de la culpa, nos hacen incurrir en los vicios, que fomentan las pasiones y nos precipitan.

Descripción de la enfermedad

La mala inclinación de un hijo llena
a sus padres de sustos y aflicciones.
¡Qué pesares les da!, ¡qué desazones!
Les turba, les confunde y enajena.
Cuanto más crece, más se desenfrena;
avisos, escarmientos, correcciones
no bastan al furor de sus pasiones;
los vicios ama, la virtud condena.
De aquí nacieron todos en un día
los insultos, traiciones y maldades,
el despecho, el rigor, la tiranía,
los homicidios, las atrocidades.
¡Ay de ellos!, ¡pues el cielo les envía
para trágico ejemplo a las edades!

Aforismo
Los astros inclinan, pero no fuerzan; y el sabio domina en sus influjos.

Receta

¿Contra la mala inclinación no hay medio?
¿A quién se le negó libre albedrío?
¿Delito que me fuerza ha de ser mío?
¿Da Dios la enfermedad, sin el remedio?
Para obligar no basta todo el tedio,
que originó nuestro pecado impío;
vence a su horror de la razón el brío,
postrando las violencias de su asedio.
Del natural la propensión valiente,
apetito y pasión más dominante,
pagan tributo al juicio, por prudente,
y a la sabia virtud, como su Atlante;
que sobre las estrellas eminente,
hasta en el mismo cielo está triunfante.

Capítulo III

Enfermedad: La falta de respeto desde niños a los padres

Aforismo
La poca veneración a la superioridad, aun entre los gentiles fue causa de profanar sus templos y deidades.

Descripción de la enfermedad

Criaturas que nacen orgullosas,
sin guardar obediencia, como deben,
conforme van creciendo, más se atreven,
a pesar de caricias amorosas.
Sus altiveces, siempre victoriosas,
a salirse con todo hacen que prueben,
y que adelante sus excesos lleven,
despreciando las canas respetuosas.
El padre les requiere con gemidos,
interpone la madre su terneza;
pero a entrambos les cierran los oídos.
¿Adónde llega ya tanta vileza?
No contentos con verles abatidos,
a ponerles las manos su fiereza.

Aforismo
Llama que si llega a tomar cuerpo, sin poder atajarla, convierte los edificios en ceniza, cuando nace se apaga con un soplo.

Receta

La bestia más voraz que el monte tiene,
de pequeña se va domesticando.
El castigo y halago interpolando,
la planta besa de quien la mantiene.
Se irrita como bruto; y se contiene,
humilde al dueño la cerviz bajando.
Sagaz el padre, así, severo o blando
en reprimir al hijo se previene.
Sin darle timidez, desde su infancia
modere los arrojos con prudencia;
a su tiempo rebata la arrogancia.
Y de grande será, con complacencia,
otro nuevo Moisés en la observancia,
y un segundo Abraham en la obediencia.

Capítulo IV

Enfermedad: Aprender lo malo, antes que lo bueno

Aforismo
La virtud nos halaga con su fragancia, pero tiene espinas al modo que la rosa; y el vicio nos atrae como por simpatía, con semejanza del imán al hierro.

Descripción de la enfermedad

Los niños por su edad son juguetones,
se divierten no más con tonterías;
los vicios pasan plaza de bufones,
ejecutando mil bellaquerías;
al instante que ven sus invenciones,
se van tras ellas, llenos de alegrías;
introdúcese el vicio, y aun se alaba;
comienza en poco, pero en mucho acaba.
De la virtud, que es dama muy hermosa,
causan veneración las seriedades;
hace a veces llorar, y es cariñosa,
lejos de entretener con necedades.
Los niños, que la ven tan majestuosa,
huyen, sin conocer sus propiedades.
¿Qué resulta de aquí? Cosa es sabida:
que la virtud fue siempre perseguida.

Aforismo
La virtud es doncella linda y casta, vestida de asperezas, pero tiene suavísimo genio; el vicio es un árbol con la corteza dulce, y por adentro lleno de amarguras.

Receta

Dirijan bien al niño, y con agrado,
de las virtudes por la angosta senda;
cuestas y estorbos déjenlos a un lado,
que es llano lo demás, hagan, que entienda.
Pruebe el néctar de un proceder honrado:
que es la verdad una ambrosía aprenda:
y en tomándola el gusto ya sin miedos,
apuesto yo, se ha de chupar los dedos.

LIBRO II

DE LAS ENFERMEDADES DE LA JUVENTUD

Capítulo I
Enfermedad: El amor profano

Aforismo
El amor es efecto natural, la belleza y adornos, causas muy poderosas;
nuestra naturaleza, materia dispuestísima. ¡Ah!

Descripción de la enfermedad

¿Qué tragedias el rigor
habrá sangriento inventado,
que en el teatro de amor
no se hayan representado,
y sea él mismo su autor?

Más que sus transformaciones,
fábulas y variedades,
se lleva las atenciones,
el ver que son realidades,
tan extrañas mutaciones.

¡Qué victorias, qué despojos
logran su aljaba y arpón!
Lo que admira en sus arrojos
es, que acierte al corazón
con una venda en los ojos.

¿Si le salen a auxiliar
las armas de la hermosura,
quién ha de contrarrestar?

¿A qué humana criatura
dejará de conquistar?

¿Hay no vencido baluarte,
ni muro, adonde se atreva,
sin que humille el estandarte;
si de retaguardia lleva
juntos a Venus y a Marte?

Se ha visto fiero homicida;
se halla bárbaro asesino;
pero es cosa nunca oída,
pagar un hombre sin tino,
porque le quite la vida.

Son dulces tan sin compás,
sus flechas, según advierto,
que hay hombre de Barrabás,
que se está cayendo muerto,
y dice: tírame más.

Tan bellas, tan engañosas
son las luces de sus llamas,
que rondándolas ansiosas,
en ellas tal vez las damas
mueren finas mariposas.

¡Qué batallas!, ¡qué combates
han causado sus mentiras!
¡Qué pleitos!, ¡chismes! ¡debates!,
¡asombros!, ¡despechos!, ¡iras!
¡Qué sarta de disparates!

Este trasgo sobrepuja
a cuanto ha podido verse;
pellizca más que una bruja,
y es capaz de entremeterse
por el ojo de una aguja.

Hiere a veces de rechazo;
y al que vive distraído,
de la belleza un retazo
al lugar más escondido
suele ir a darle flechazo.

Es jugador, es fullero;
si te envida has de andar listo.
Reflexiona bien primero,
y aunque sea a naipe visto,
en tu vida digas, quiero.

Es un parlero burlón,
vago, atrevido, truhán,
de voluntades ladrón;
parece, que es un buen Juan,
y es un grande picarón.

Es, y concluyo con esto,
un recelo, una fatiga,
volcán, furor, miedo, arresto;
es..., no sé lo que me diga,
todo, para acabar presto.

Aforismo
En las batallas de amor el que tiene ánimo para huir, es el más valiente, y triunfa.

Receta

Contra poder superior,
que ha de vencer su porfía;
para no darle ese honor,
lejos de ser cobardía,
no lidiar es más valor.

Si la hermosura irritada
lleva al campo su querella:
¿fuera hazaña celebrada,
que sacase contra ella
un hombre de bien la espada?

Huye, que aquel eminente
poeta nuestro hace alarde
de que en un héroe se cuente:
Si hay quien huya de cobarde,
que hay quien huye de valiente.

(Calderón: Jornada III de la comedia Afectos de odio y amor).

Capítulo II

*Enfermedad, que padecen los hijos, es la violencia de los padres
para que se casen contra su gusto*

Aforismo
*Con voluntad y gusto se vencen las dificultades; la fuerza tiene malas
resultas.*

Descripción de la enfermedad

Que me case tal por cual,
sin ver quién engaña a quién,
¿habrá lance más fatal?
Se yerra de bien a bien,
¿qué será de mal a mal?

¿Pues qué, no hay más que casarse
contra razón, señor mío?
Mejor es acá abrasarse,
aunque diga tener frío,
que el ir allá a calentarse.

Con que por cuenta he sacado,
que estamos en una era,
según mi padre ha pensado,
que es el casarse galera:
¿y tengo de ser forzado?

Sin duda, que el matrimonio
debe de estar muy revuelto,
a manera de telonio;
pues si el diablillo anda suelto,
¿cómo casar? Un demonio.

Capítulo III

Enfermedad, que padecen los hijos, es la violencia de los padres para que entren en religión

Aforismo
Lo que no tiene remedio después, mirarlo bien antes.

Descripción de la enfermedad

¿Convento yo? ¡Qué entruchadas!
Padre, salgamos al cabo.
¿Queréis meterme a estocadas?,
¿o soy por ventura clavo,
que he de entrar a martilladas?
Me tiraré desde un cerro,
y harán de mí cochifrito,
antes que en vos quepa el yerro,
sin ser juez, ni haber delito,
de ponerme en un encierro.

Cuando me encuentre metida,
si es mi voluntad forzada,
sin que parezca atrevida;
pues por vos hice la entrada,
yo haré por mí la salida.

Ni he nacido para eso,
ni me hallo con vocación;
y así digo sin exceso:
profeso en mi religión,
en convento no profeso.

Receta

Para la enfermedad anterior y ésta

¿Hubo homicidio, traición,
despecho, ni desvarío,
a que un padre sin razón,
violentando el albedrío,
no haya dado la ocasión?

En tan desgraciada suerte,
una vez la paz perdida,
no hay empresa, que se acierte:
¿y tras de una mala vida,
seguirá una buena muerte?

A violencia tan notoria,
por no obedecer, no hay pena,
y aun es obra meritoria;
que el padre no se condena,
los hijos ganan la gloria.

Capítulo IV

Enfermedad de las hermosas, ser desgraciadas

Aforismo
No sólo es desgraciada la hermosura, sino causa de las mayores desgracias.

Descripción de la enfermedad

¡Es posible que las hermosuras
tengan tal desgracia!
¿Si será que, enamorada ésta,
tras ellas se anda?
A lo blanco, sólo por ser bello
muchos no le aman;
motejando a las blancas de frías
de sosas, dejadas;
y aun a todas las bonitas juntas,
de bobas las tratan.
Como tienen a elegir cortejos,
infinitos rabian,
que quizá descartándose de oros,
se quedan a espadas.
Aunque cuenten a miles rendidos,
tampoco las faltan
a millones quejosos, que buscan
lo que en ellas no hallan.
A las otras, que son algo feas,
fastidian y enfadan;
de manera, que a su luz parecen
sombras o pantallas.
La venganza, que por detrás toman,
es sacarlas faltas;
mas no pueden echarlas ninguna
jamás en la cara.
Si se casan es con malos mozos;
después de casadas,

al instante el amor celosías
pone en sus ventanas.
De solteras también las atisban
vecinas taimadas,
y aunque recen y hagan obras buenas,
dicen que son malas.
Mucho siento, queridas hermosas,
suerte tan contraria;
sin embargo, por ella las feas
la suya trocaran.

Aforismo
La modestia, honestidad y virtud hacen a la hermosura feliz.

Receta

La hermosura es piedra preciosa,
que según se engasta,
puede ser su precio inestimable
o no valer nada.
Lo modesto, lo casto y virtuoso
su valor realzan;
siendo junta con ellos dichosa,
si no desgraciada.
Tenga, pues, estos nobles quilates
la hermosura humana,
logrará la más grande ventura,
que nunca se acaba.

Capítulo V

Enfermedad de las mujeres, ser feas

Aforismo
La fealdad y la envidia nacieron de un parto; y quieren hacer brillar su escasa luz, apagando las otras.

Descripción de la enfermedad

Tres cosas en el mundo
dan golpe en la mujer:
rica, fea o bonita;
lo demás es después.

Fortuna de las feas,
yo no te envidiaré;
antes bien la fortuna
es, dejarlo de ser.

Si al espejo se miran,
las está diciendo él:
¡válgame Dios, señora,
qué fea que es usted!

Y por más que se pinten,
tal su desgracia es,
que vivas, ni pintadas,
nadie las puede ver.

Son el mismo pecado;
¿y que pensando estén,
que por descuento, gracia
Dios las ha dado? ¿En qué?
¡Pues cuando discretean,
mixturando muy bien
los textos de Escritura

con versos de entremés!

Por consejeras, pasen;
mas por letradas, ¿quién,
es posible que busque
un tan mal parecer?

Gracias a las mantillas,
y no faltan tal vez
hombres, que por instinto
adoran, o por fe.

A puro Padre nuestro,
yo las conjuraré,
repitiendo mil veces:
No nos dejéis caer.

Lo peor es que ruegan,
pero entonces diré:
mas líbranos de mal.
Amén, Amén, Amén.

Aforismo
El que dice que las feas se parecen al diablo, miente, porque a nadie tientan;
y en las perfecciones del alma son iguales a las hermosas.

Receta

La belleza en el alma
se debe contemplar;
la del cuerpo perece,
aquélla es inmortal.

Las hermosas son feas,
si al infierno se van;
las feas muy hermosas,
si se saben salvar.

Capítulo VI

Enfermedad de los petimetres, ser presumidos y afectados

Aforismo
Parezca, aunque perezca; y como luzca, más que todo se abrase.

Descripción de la enfermedad

Señor petimetre,
sea bien venido.
¡Oh, qué bien peinado!,
¡y qué bravo chico!
Callen los Adonis,
perdone Narciso.
Un dulce parece.
¡Qué terso!, ¡qué limpio!,
¡qué rizos!, ¡qué olores!,
¡qué gusto en vestidos!,
¡qué puesto en las modas!,
¡qué arte!, ¡qué brío!
Las damas le aclaman
por parisién fino.
Los gestos estudia,
sabe los cumplidos,
se postra hasta el suelo,
saluda expresivo;
lisonjea, adula;
anda muy pulido
de minué con pasos,
haciendo pinitos.
Ninguno le gana
de cuantos se han visto,
a coger pañuelos,
alzar abanicos,
saber dar el brazo,
dulces exquisitos,

llevando dos cajas
de rapé y palillos,
a doblar mantillas,
componer un rizo,
mondar una pera,
trinchar de lo lindo.
Él dibuja, borda;
y para decirlo
en una palabra,
es estuche vivo.
Habla con remilgues,
busca terminillos,
hace cuatro versos,
aunque robe cinco;
dice dos refranes,
textos infinitos;
y al ver las madamas
tan raro prodigio,
dándole la borla
de doctor eximio,
pasa entre ellas plaza
de más erudito,
discreto, elocuente,
sabio y entendido,
que los Cicerones,
que los Tito Livios,
que los Diccionarios
y los Calepinos.

Aforismo
Sáqueles la razón del hospital de su locura, y pasen a la convalecencia del
entendimiento, donde se restablezcan.

Receta

Vaya a la botica
y tome allí mismo,
que el doctor lo manda,
jarabe de juicio.

Capítulo VII

Enfermedad de los Mayorazgos, pasar plaza de tontos

Aforismo
La sabiduría junta con el poder, ¿qué no emprendiera?

Descripción de la enfermedad

Tonto y rico pudiera
disimularse;
pero pobres y tontos,
no tiene aguante.
Yo a defenderles,
¡y a fiscalizar tantos!
Mal pleito es éste.

¿Aunque se apliquen, pasan
plaza de tontos?
Tener talento es uno,
y aplicarse otro.
¿Serán discretos
los que sin mayorazgos
truecan los frenos?

Murmuran, que no aprenden:
¡qué linda gracia!,
¡como si el saber fuera
de gente baja!
¿Ignoran ellos
que no se compra ciencia
con el dinero?

El noble siempre es noble,
y en lo que emprende,
como noble es preciso
proceda siempre.

Es la nobleza
el sol, y los luceros
las demás prendas.

Sin nobleza riqueza
parece luna,
que arroja resplandores,
y ella no alumbra;
pero no deja,
aunque esté la más baja,
de ser planeta.

Lo que vale el dinero
quizá no saben,
ni tampoco que cuesta
mucho ganarle.
Y lo malgastan
como que es una cosa
que se la hallan.

Hasta de divertirse
les satirizan.
¿A quién que sobrepuja
todos no miran?
Lo que es delito
en el pobre, parece
gracia en el rico.

A veces les sucede,
si van a caza,
que buscando perdices,
encuentran grajas.
¿Qué culpa tienen?
Y no pocos se llevan
gato por liebre.

Al hombre de bien fácil
es engañarle;
porque nunca bajezas
piensa de nadie.

Y será oprobio,
no ser el engañado,
sino engañoso.

En el baile del mundo
todos sabemos,
si se sale a lucirlo,
de contratiempos.
La suerte varia
siempre será maestra
de hacer mudanzas.

Varios sin dar motivo
son calumniados;
en ser uno inocente,
a degollarlo.
¿Tantos Herodes?
No hay duda, que los necios
son Faraones.

Bien se ve que no falta
cruz a los grandes;
y que no es muy ligera,
como se casen.
Todos tenemos
nuestra cruz, y los pobres
con candeleros.

En aquellos que triunfan
reparan mucho,
por si pillarles pueden
algún renuncio.
Así los nobles,
si a descuidarse llegan,
la pagan doble.

Perdonad finalmente,
que Dios es grande,
y con todo perdona
aunque le agravien.

Sólo pretendo
vituperar los vicios,
no los sujetos.

Aforismo
Ser virtuosos, aplicarse e instruirse como pobres; en lo demás tratarse como
ricos.

Receta

Con las buenas costumbres,
y la enseñanza,
se logra allá la gloria,
y aquí la fama.
Más lo encarezco:
si son buenos los ricos,
tienen dos cielos.

Capítulo VIII

Enfermedad de los jóvenes, ser poco devotos

Aforismo
Quien sabe el plazo de su deuda, aunque no esté prevenido, no incurre en falta hasta que se cumpla. Al contrario, el joven pecador, que lo ignora, debe siempre tener el alma dispuesta para la paga, por si Dios se la pide en aquel instante.

Descripción de la enfermedad

¡Oh, tú joven, que vives descuidado!,
¿eres deudor con plazo señalado?
¡Qué pesar!, ¡qué rigor!, ¡pena crecida!,
¡sin tiempo están los vales de la vida!
El ignorar la hora, si se advierte,
¿sabes que es mayor daño que la muerte?
Quien su mal ve, le evita, aunque más grave,
¿cómo lo ha de estorbar quien no lo sabe?
El furor de la Parca denodado
no aguarda que esté el fruto sazonado.
Del vital huerto su guadaña dura
corta la pera verde y la madura.
Sin grande prevención, grande jornada
es, al partir, tomar la senda errada.
Pues viaje cierto y sitio indiferente:
¿adónde irás, si marchas de repente?
Al bien caminas siempre perezoso:
¿cómo, di, vas al mal tan presuroso?
El tiempo corre sin que a nadie aguarde.
Le pierdes: ¡ay de ti, si llegas tarde!
Reflexione la dama hermosa y tierna,
que un momento de gusto es pena eterna.
Piense el galán que peca, que en el mismo
minuto puede hallarse en el abismo.
Y crean que serán sin más respetos,
entrambos dos humanos esqueletos.
Para mirarte tú, joven o viejo,

la misma eternidad es el espejo.
¡Oh prodigios de Dios!, ¡no es cosa rara,
que según el obrar haga la cara!
Todo lo allanan locas juventudes,
pues la cuesta allanad de las virtudes.
Con ellas un esclavo es más dichoso
que sin ellas un príncipe ostentoso.
¿De qué le sirve a quien de rey blasona,
serlo aquí, si allá pierde la corona?
Como el camino de la gloria erraras,
¿qué aprovechan las mitras ni tiaras?
Aunque más poderoso y más bizarro,
¿no ha de ser polvo, quien nació del barro?
Arrastran sol y luna los capuces,
eclipses hay también para sus luces.
¿Por esa robustez no te desvelas?,
¿y por joven, ni temes ni recelas?
Como te mueras antes sin zozobras:
¿podrás hacer después las buenas obras?
Corriendo aquí tanta borrasca el alma,
¿tendrá allá paz, tranquilidad y calma?
El que en arrepentirse tarde espera,
tan bárbaro es, como quien desespera.
¡Buscas la misa breve!, ¡vas con prisas!,
¡y aún dices, que es de viejos oír misas!
¡Para ellos son las pláticas!, ¡sermones!,
¡los ayunos!, ¡rosarios!, ¡devociones!
De viejo morir bien, pensar es yerro,
sin disponer de joven el entierro.
Al contemplarme a mí, digo: ¿qué valgo?
¿Qué fui ayer? Nada. ¿Hoy qué soy ya? Algo.
¿Algo no más? ¿Y pienso de este modo?
¡Loco estoy, pues creí que lo era todo!
¡Ah, necia vanidad, queda enterada
de que no pasas de algo más que nada!
Jóvenes, no olvidéis, y finalizo,
para qué el alto Criador os hizo.
Premeditad en Dios, luego en vosotros:
cuanto hay, se encierra dentro de nosotros.
¡Qué fábrica es el cuerpo, aunque mentira!

¿Pues el alma inmortal, a quién no admira?
Principio tiene, fin no reconoce:
para sí Dios la cría y que le goce;
y de su unión, tan digna de alabanza,
premio ha de ser la bienaventuranza.

Aforismo
Joven, aun el más docto, menos sabe tu vanidad, que una hormiga; pues, haciendo su provisión en el verano, lo pasa sin temer, que le falte comida en el invierno; y tú desproveído de buenas obras en la juventud, no quieres saber que, acabado el tiempo del acopio, te ha de costar muy claro el descuido, cuando no te suceda un escarmiento.

Receta

Aun el adagio, para vivir sano,
dice, que te has de hacer viejo temprano.
Como prójimo te amo y te aconsejo:
haz de joven, lo que has de hacer de viejo.

LIBRO III

DE LAS ENFERMEDADES DE LA VEJEZ

Capítulo I

Enfermedad de los viejos, ser codiciosos

Aforismo
Para coger en la vejez, sembrar en la juventud; de otra manera, la codicia
rompe el saco.

Descripción de la enfermedad

Malvado viejo, diga, ¿qué manía
así le afana por juntar millones?
Cien veces cuenta al día
reales, pesetas, duros y doblones,
que va con gran cuidado separando.
Allí cifra su gloria, su contento,
y sin apartar nunca el pensamiento,
se está con los montones recreando.
¡Reflexiona, perverso sin segundo,
que los has de dejar en este mundo!
No hay puerta sin candado;
de entrantes y salientes,
aun de sus mismas gentes
se atreve a recelar desconfiado.
Enfrente de la cama,
con malicia y con treta
asegurada pone su gaveta;
se encierra, y no responde al que le llama.

Velando como un Argos vigilante,
siente ruido una noche, y al instante

sobresaltado, ciego, temeroso
alborota la casa,
vecindad, calle, barrio, y al que pasa,
¡que me roban!, diciendo presuroso.
Sobrecogido así, ¡terrible suerte!,
al punto del espanto se accidenta.
Al doctor llaman, que su mal aumenta,
y la sentencia firma de su muerte.
¡Ah, quién creyera que se olvida fiero
del alma, y que se acuerda del dinero!
Dios le da tiempo, logra mejorarse;
la gaveta a la cama hace llevarse:
la moneda revuelve,
uno y otro talego desenvuelve;
mas como tiene débil la cabeza,
le parece que falta alguna pieza,
sea de plata u oro;
y llorando hilo a hilo su tesoro,
entonces sí que enferma ya de veras.
Quiere dar voces, todas son quimeras,
se aflige, se acongoja,
de la cama se arroja,
repite el accidente,
espira fatalmente,
y con expectación de los Avernos,
el diablo se lo lleva a los infiernos.

Aforismo
Todo compuesto de materia, que ha tenido principio, tiene fin; y de viejos no se puede pasar.

Receta

Abra ya la codicia sus armarios,
conozca el viejo, que se muere aprisa;
a su olla, a su misa;
piense en la eternidad, rece rosarios,
que asusta más la muerte horrible y terca,
al contemplarla lejos, si está cerca.

Capítulo II

Enfermedad de los viejos, ser cortejantes

Aforismo
¿Hay espectáculo más raro que un viejo con el pie en la sepultura
requebrando a una moza?

Descripción de la enfermedad

¿Conque, Quijotes a oscuras,
a la vejez aventuras?
Sean lindas, sean feas,
¿andan tras las Dulcineas?
¿Quién vio delirio mayor,
que un viejo, haciendo el amor?

¿Viejo y moza? ¡Por san Pablo,
que son un lindo retablo!
¿Un mi vida, si se advierte,
han de decir? Un mi muerte.
¿Ignoran, si amor les llama,
que han de soplarles la dama?

Gato que va a caducar,
¿qué ratas ha de cazar?
Más cerrados que las piñas,
¿y todo es buscar las niñas?
Las dicen: ¿prenda? Y con ceño
responden: ¡Qué desempeño!

¿Habrá viejo más morlaco?
Váyase a tomar tabaco.
Según le pesa la giba,
parece una tumba viva.
¡Miren al cabo qué alhaja!
¿Por qué no compra mortaja?

Para enmendarse el mal viejo,
mírese en su mismo espejo.
¡De su figura mal hecha
ya es antigüilla la fecha!
¿Diga, estantigua mortal,
fue el pecado original?

Ni falta alguna malvada,
que les dice muy taimada:
¿se verá tal espantajo?,
¿con canas, y haciendo el majo?
Cúbrase usted, caballero,
tápelas con el sombrero.

No obstante escupen en corro
cortejos de capa y gorro;
otros, que a nadie hacen salva
para no enseñar la calva,
y se encuentra mamaluca,
que les tiene de peluca.

¡Que esto pase! Me confundo.
¿Qué no pasará en el mundo?
Pues sepan, si en tantos años
no les bastan desengaños;
no hay moza, que les quiera:
quien lo dice, es embustera.

Que del viejo marrullero
el querido es su dinero.
Que el más ciego y más sencillo
ha de tener lazarillo.
Y con esto, en conclusión,
se acabó la procesión.

Aforismo
*Los viejos han de cortejar a la muerte con buenas obras, y llevar el retrato
de un esqueleto para contemplar con frecuencia lo que son.*

Receta

Póngase el viejo maulón
a menudo en oración.
Con alguna disciplina
mortifique su cecina.
Y si le aprietan los vicios,
silicios y más silicios.

Aforismo
*Los viejos han de cortejar a la muerte con buenas obras, y llevar el retrato
de un esqueleto para contemplar con frecuencia lo que son.*

Capítulo III

Enfermedad de las viejas, querer parecer jóvenes

Aforismo
¡Quién dijera, que todo el imperio de la hermosura, vanidad y arrogancia de sus armas paran en lastimoso y abominable trofeo de la edad!

Descripción de la enfermedad

Vieja ridícula,
caduca, trémula,
déjate inválida
de amores ya;
estás frenética;
cuenta por fábulas,
esos estímulos
para agradar.

Las damas jóvenes
de mayor mérito,
ricas, bellísimas,
que brillan más,
son breves cláusulas,
menudos átomos
de la fatídica
voracidad.

Tus ojos húmedos,
entre los párpados,
lágrimas líquidas
deben brotar,
al ver, fantástica,
loca, estrambótica,
que eres un símbolo
de fealdad.

Si fuiste tórtola,
si fuiste águila,
hoy por tarántula
te has de juzgar;
que seas crítica,
seas enfática
seas irónica,
no pegarás.

Son gracias fétidas,
son negras flámulas,
de horribles góndolas,
que al lago van
de Aquerón mísero,
barquero exótico,
que infaustas ánimas
pasando está.

Toda magnífica,
suntuosa fábrica,
que es jeroglífico
de vanidad;
despojo trágico
de la edad rígida,
viene, aunque sólida,
a caducar.

Ayer coléricos,
hoy ardéis frágiles,
funestos pábilos
de humanidad;
sus llamas lúgubres
van consumiéndoles,
y sin más rémoras
finalizáis.

Ya las harmónicas,
sonoras músicas,
se han vuelto fúnebre
sonoridad,

roncos estrépitos,
sordinas lóbregas,
que anuncian tétricas
la eterna paz.

Los años rápidos
son muy lacónicos,
nunca sus términos
vuelven atrás;
triste metáfora,
piensa en el túmulo,
pues luego el féretro
ocuparás.

Entre cadáveres
y sombras tímidas,
fantasmas áridas
reflexionad;
que llega el tránsito,
y que el fin único
es el buen éxito
del tribunal.

Aforismo
¡Gracias a Dios, que se encontró el remedio universal para que rejuvenezcan las damas, causando que la vejez sea toda autoridad y veneración hasta perpetuarlas en el templo de la inmortalidad! ¿Y cuál es? ¿Pudiera haber otro que la verdadera mística?

Receta

Curen los síntomas
y el mal verídico,
con los balsámicos
de la moral;
sigan la mística,
tal vez aplíquense
una cantárida
de austeridad.

Capítulo IV

Enfermedad de la decrepitud, las cenizas o sombras del amor y codicia

Aforismo
¡Aquí fue Troya!, decía un epitafio de su soberbia, después de arruinada. ¡Y hay delirio tan rematado en las humanas pasiones, que publique entre sombras y cenizas: ¡aquí fuimos!

Descripción de la enfermedad

¿La decrepitud anhela
en sombra al amor? ¡Oh, cielo!
¡La cabeza sin un pelo!
¡La boca sin una muela!
¡En el verano se hiela!
¡Todo el año tiene tos!
¡Sobre una muleta o dos
su esqueleto se afianza!
¡Y de sorda a oír no alcanza,
que la está llamando Dios!

Fue a verla cierto truhán,
y no sé qué embuste fragua,
que la ofreció un poco de agua
del mismo río Jordán.
Ella, a gritos, el refrán
entendió: ¡Cuál se alegraba!
Pensándose, que bailaba,
al moverse se cayó,
en polvo se convirtió.
Y él dijo: ¡qué seca estaba!

En un capacito al sol
un decrépito sentado,
a mi talego no han dado
las luces de ese farol,

decía entre col y col.
Un quidam llegó a pasar,
y oyó, queriendo escuchar:
el dinero escondo dentro
del corazón, y en el centro,
¡que lo vayan a encontrar!

Aforismo
En este mundo se delira desde nacer hasta morir.

Receta

Un niño es delirio puro,
cuando empieza a hablar, delira.
El caduco va a la pira,
y es un delirio maduro.
Téngase como seguro,
por nuestra miseria y suerte,
que es el delirio más fuerte,
olvidando el ataúd,
nuestra ciega juventud.
¿Y no hay remedio? La muerte.

FIN